PAPA
EN VOYAGE

PAPA EN VOYAGE

BIBLIOTHÈQUE

DE MADEMOISELLE LILI ET DE SON COUSIN LUCIEN

COLLECTION HETZEL

PAPA EN VOYAGE

TEXTE PAR UN PAPA

DESSINS DE LORENTZ FRŒLICH

BIBLIOTHÈQUE
D'ÉDUCATION ET DE RÉCRÉATION

J. HETZEL & Cie, 18, RUE JACOB
PARIS

I

« Papa s'en va... Papa s'en va, » murmurait à part soi
Toto depuis deux jours.
Pour ne pas le chagriner d'avance,
on ne lui avait pas parlé de ce voyage; mais Toto,
qui n'est pas bête, a bien vu,
par les préparatifs, de quoi il s'agissait.
Et, en effet, un matin, après avoir dit adieu à sa femme
et à son petit garçon, Papa a quitté la maison.
Maman et Toto le regardent, de la fenêtre,
s'en aller par la rue à grands pas.
Il se retourne, il leur fait signe, puis disparaît.

PAPA EN VOYAGE

I

MAMAN ET TOTO REGARDENT PAPA, DE LA FENÊTRE.

II

Toto est triste.
« Papa est parti, » répète-t-il sans cesse à sa maman.
— Il reviendra, mon chéri. — Quand?
— Le plus tôt possible. — Combien que ça fait de jours,
le plus tôt possible? — Nous compterons.
En attendant, pour nous aider à prendre patience,
nous avons son portrait. C'est encore un peu lui.
Tu sais comme il te regarde.
— C'est vrai, n'importe à quel endroit je me mets, il a
toujours les yeux sur moi.
Je veux être bien sage pour qu'il ne les détourne pas. »
Et, sur cette bonne résolution,
Maman l'embrasse.

PAPA EN VOYAGE

II

« PAPA EST PARTI » RÉPÈTE TOTO.

III

L'heure du coucher arrivée,
Toto s'est laissé emmener tranquillement;
mais, quand sa bonne a été pour le déshabiller,
il lui a déclaré qu'il voulait auparavant,
comme il en avait l'habitude, aller souhaiter le bonsoir
à son papa, c'est-à-dire à son portrait.
« Pas possible, lui a-t-elle dit, vous attraperiez froid.
— Je n'ai jamais eu froid avec papa.
— Parce que c'est lui qui vient vous trouver.
— Eh bien, puisque le portrait ne peut pas venir,
il faut que j'y aille, moi. »
On a dû céder, et Toto a pu, avant de dormir, embrasser
ce cher papa... en peinture.

PAPA EN VOYAGE

III

« EH BIEN, PUISQUE LE PORTRAIT NE PEUT PAS VENIR,

IL FAUT QUE J'Y AILLE, MOI. »

IV

Sitôt réveillé, et avant même qu'il fît jour,
Toto a demandé qu'on le portât encore devant le portrait.
« Bonjour, papa, a-t-il crié, j'ai bien dormi;
j'ai rêvé, je crois, que tu étais revenu.
Hier, j'ai été sage comme une image;
j'ai lu toute ma leçon sans regarder voler les mouches.
Maman a été très contente de moi.
J'ai été aussi très content d'elle; elle m'a parlé de toi
tout le temps.
Mais que c'est long une grande journée sans papa,
un vrai papa qui vous parle,
qui vous rit et qui vous embrasse ! »

PAPA EN VOYAGE

IV

TOTO A DEMANDÉ QU'ON LE PORTAT ENCORE
DEVANT LE PORTRAIT.

V

« Le facteur est-il venu ? — Oui, monsieur Toto. »
Sur ce, Toto s'est précipité dans la chambre de sa maman
qu'il a trouvée en train de lire une lettre.
« C'est de papa ! a-t-il crié.
— Oui, mon enfant. — Y a-t-il quelque chose pour moi ?
— Il t'embrasse et espère que tu es toujours bien sage.
— Tu lui diras que oui,
et puis, tu me laisseras l'embrasser sur sa lettre...
Mais tu n'as pas l'air contente.
— C'est que ton papa m'écrit qu'il est un peu souffrant.
— O maman, ce ne sera rien ; son portrait, tu vois,
ne paraît pas malade du tout. »

PAPA EN VOYAGE

V

« Y A-T-IL QUELQUE CHOSE POUR MOI ? »

VI

Toto a une bergerie qui fait son bonheur.
Il met ses moutons en file, en cercle, en carré ;
il bêle pour eux,
il aboie pour le chien, le berger court...
c'est trop amusant.
Aussi Toto, quand sa maman l'a appelé
pour aller à la promenade, a-t-il déclaré qu'il ne voulait pas,
qu'il aimait mieux rester à jouer.
« Alors, a dit maman, il faudra cacher le portrait?
— Oh non ! s'est écrié Toto, je me promènerai plutôt
jusqu'à demain,
tant que tu voudras, maman. »

PAPA EN VOYAGE

VI

« ALORS, A DIT MAMAN, IL FAUDRA CACHER LE PORTRAIT. »

VII

En récompense du prompt et sincère repentir de Toto,
Maman, qui dessine très bien,
lui a fait, d'après le grand portrait,
un joli croquis que le petit garçon a tenu à emporter
à la promenade.
Fatigué de courir et de sauter, il le tire de sa poche,
et, tout souriant, se met à le regarder.
« Montre voir, lui dit sa compagne de jeu,
la petite Sophie,
oh! qui est ce beau monsieur ?
— C'est mon papa, répond fièrement Toto,
je crois bien qu'il est beau ! »

PAPA EN VOYAGE

VII

TOTO TIRE LE CROQUIS DE SA POCHE.

VIII

De retour à la maison,
Toto n'a rien de plus pressé que d'aller se placer
devant le portrait de son papa.
Il lui raconte les divers incidents de sa promenade,
comme quoi il a pris bien de l'exercice pour devenir grand
et fort.
« Et puis, dit-il, nous avons joué, Sophie et moi.
Elle est très gentille; elle ne me contrarie jamais.
Mais son cousin Paul ne lui ressemble pas;
il poussait toujours son cerceau dans le mien
pour me le faire tomber.
Même que sa maman a fini par le gronder... »

PAPA EN VOYAGE

VIII

TOTO N'A RIEN DE PLUS PRESSÉ
QUE D'ALLER SE PLACER DEVANT LE PORTRAIT DE SON PAPA.

IX

Il est clair que ce portrait exerce sur le moral de Toto
une mystérieuse et salutaire influence.
Jamais il n'a été plus gentil, plus docile, plus affectueux.
A force de lui parler, il se figure un peu en être entendu,
et il ne serait peut-être pas étonné si un jour
il lui répondait.
Il ne l'a pas été quand on lui a dit, ce matin, de voir,
derrière le tableau, s'il n'y aurait pas quelque chose pour lui
de la part de son papa.
Et il y a trouvé une belle pomme et un joli gâteau.
« Merci, mon petit papa chéri, » a-t-il dit
tout simplement.

PAPA EN VOYAGE

IX

« MERCI, MON PETIT PAPA CHÉRI. »

X

Que se passe-t-il ? Qu'est-il arrivé ?
Est-ce que papa est malade ?
Est-ce qu'il ne va plus revenir ?
Ou bien serait-ce que, sans le vouloir, sans le savoir,
son petit garçon lui aurait fait de la peine?
Non, la conscience de Toto est tranquille,
sa maman l'a embrassé, comme d'habitude, à son lever.
Mais alors qu'y a-t-il ?
Ce ne peut être que pour une cause des plus sérieuses
qu'on a mis sur le portrait cette grande toile verte
qui le cache. Toto est très inquiet;
il faut qu'il aille demander à sa maman l'explication
de ce fait extraordinaire.

PAPA EN VOYAGE

X

TOTO EST TRÈS INQUIET.

XI

Aux pourquoi désolés de Toto, maman a répondu
qu'on avait couvert le portrait pour le garantir
des mouches et de la poussière,
ajoutant qu'on le découvrirait dès qu'il ferait moins chaud.
« En attendant, je ne le verrai plus, gémit Toto.
— N'as-tu pas le dessin que je t'ai fait?
Oh! ce n'est pas la même chose. »
Et Toto se laisse tomber tout de son long,
le visage contre le parquet.
Que dirait pourtant papa s'il voyait son petit garçon
se vautrer ainsi par terre,
comme un touton mal élevé?

PAPA EN VOYAGE

XI

ET TOTO SE LAISSE TOMBER TOUT DE SON LONG

LE VISAGE CONTRE LE PARQUET.

XII

« C'est bon, je vais écrire à ton papa. »
Ces quelques mots de maman ont suffi pour remettre
M. Toto à la raison et sur ses pieds.
Après qu'il a demandé pardon et bien promis
qu'il ne le ferait plus (c'est la phrase consacrée),
il communique à sa maman une idée qui lui est venue.
C'est au sujet de son portrait qu'il a dessiné lui-même,
et ce n'a pas été sans lui donner bien du mal.
« Crois-tu, maman, que papa serait content
qu'on le lui envoyât? »
Et maman, en toute sécurité, a répondu que oui.

PAPA EN VOYAGE

XII

« C'EST BON, JE VAIS ÉCRIRE A TON PAPA. »

XIII

Toto a désiré ajouter quelques mots à la lettre
de sa maman.
Maman a consenti. Et voici :
« Mon papa cher, je t'envoie mon portrait.
C'est moi-même qui l'ai fait, tu le verras bien.
Le tien est toujours content; ainsi je suis très sage.
Je le serai encore plus quand tu seras revenu.
C'est Toto qui t'aime et t'embrasse tout plein. »
Et dire que tout cela sera écrit sans que maman
s'en mêle, sinon pour lui conduire la main et sans que,
pour sa part,
il ait seulement besoin d'y regarder.

PAPA EN VOYAGE

XIII

« MON PAPA CHÉRI, JE T'ENVOIE MON PORTRAIT. »

XIV

Qu'est-il arrivé, bon Dieu? Toto a été méchant?
Toto a oublié toutes ses promesses?
Hélas! oui; ce matin, il a refusé absolument de se laisser
débarbouiller et peigner.
Ces deux opérations ne l'amusent jamais,
mais d'ordinaire il s'y soumet.
Aujourd'hui, on ne sait ce qui lui a pris,
il n'y avait pas moyen de l'y décider, si bien que maman
a été obligée d'intervenir.
Après cela, quoiqu'il ait demandé pardon,
il n'ose plus aller voir le portrait de son papa.
Il faut l'y traîner. N'est-ce pas honteux?

PAPA EN VOYAGE

XIV

TOTO N'OSE PLUS ALLER VOIR LE PORTRAIT DE SON PAPA,

IL FAUT L'Y TRAINER.

XV

« Alors, maman, a fini par dire Toto
d'une voix suppliante, tu vas me prendre dans tes bras ;
j'aurais trop peur si papa, dans son portrait,
allait me faire les gros yeux. »
Et maman a pris Toto dans ses bras et l'a porté
devant le portrait.
Tout de suite, en levant la tête,
il a pu, à sa grande satisfaction, constater que son papa
le regardait toujours avec la même bienveillance.
Il a tenu pourtant à s'excuser :
« Ne sois pas fâché, petit père, a-t-il dit,
c'est pour rire que j'ai été méchant. »

PAPA EN VOYAGE

XV

« NE SOIS PAS FÂCHÉ, PETIT PÈRE, A-T-IL DIT,
C'EST POUR RIRE QUE J'AI ÉTÉ MÉCHANT ! »

XVI

Toto est fatigué de ses joujoux.
Son polichinelle, son ballon, ses quilles, son mouton
ne lui disent rien. Ils l'ennuient.
Autant en arrive-t-il d'ordinaire de tous les jouets.
Toto voudrait donc autre chose. Quoi? il ne sait pas.
Il y a bien la boîte à ouvrage de maman,
pleine de boutons, de bobines, d'aiguilles, de menus outils
de toute sorte.
C'est ça qui serait amusant à inventorier!
Mais, voilà, il est défendu d'y toucher, et le portrait,
dont les yeux le suivent sans cesse, ne permet pas
à Toto de désobéir.

XVI

TOTO VOUDRAIT DONC AUTRE CHOSE.

XVII

Gêné par ce regard qui ne le quitte pas,
Toto était retourné à ses joujoux.
Il les avait pris, secoués l'un après l'autre...
Pas un ne lui avait procuré le moindre plaisir.
Il ne peut penser qu'à la boîte à ouvrage.
Oh! il ne l'abîmerait pas, il n'y dérangerait rien.
Pourquoi son papa ne veut-il pas qu'il y touche?
Il ne veut pas non plus que son petit Toto soit malheureux.
Mais Toto sait bien ce qu'il va faire.
Entre le portrait et lui il poussera un grand fauteuil
derrière lequel il se cachera
pour que papa ne soit pas contrarié.

XVII

ENTRE LE PORTRAIT ET LUI IL POUSSERA UN GRAND FAUTEUIL.

XVIII

Voilà Toto installé dans son abri.
La boite tant convoitée est entre ses mains.
D'où vient qu'il tarde à l'ouvrir ?
Elle n'est pas fermée à clef, il n'a qu'à lever le couvercle;
mais c'est ce que Toto trouve de difficile. Il pense :
« Le portrait est toujours là.., et puis, que dirait maman
quand elle saurait que, malgré sa défense?...
car il faudrait bien lui avouer... »
Décidément Toto ne trahira pas la confiance
qu'elle lui a montrée; il remettra la boite à sa place
et, après, il sera plus content que s'il avait pu y farfouiller
tout à son aise.

PAPA EN VOYAGE

XVIII

LA BOITE TANT CONVOITÉE EST ENTRE SES MAINS.

XIX

Dans sa dernière lettre, papa, sans préciser davantage,
avait annoncé son prochain retour.
De sorte qu'on était dans une attente continuelle.
Aujourd'hui, comme les jours précédents,
on avait retardé le dîner dans l'espoir qu'il y prendrait part.
Soin inutile; il avait encore fallu se mettre à table
tous deux seulement, maman un peu songeuse
et Toto avec son bel appétit habituel.
Soudain la porte s'ouvre et papa y apparaît.
« Ah ! te voilà enfin !... » s'est écriée maman.
Toto, lui, n'a rien dit,
mais sa cuiller, restée en l'air, témoigne
assez de son émotion.

XIX

TOTO, LUI, N'A RIEN DIT, MAIS SA CUILLER, RESTÉE EN L'AIR,
TÉMOIGNE ASSEZ DE SON ÉMOTION.

XX

Dans sa joyeuse surprise, maman s'est levée
et elle est allée se jeter au cou de son mari,
qui n'a eu que juste le temps d'ôter sa casquette de voyage.
Toto a sauté à terre, il les regarde, immobile.
Son saisissement n'a fait qu'augmenter.
Sans souci que sa soupe refroidisse, il a laissé sa cuiller
retomber, oisive, à côté de son assiette.
Mais il n'y a pas à en douter, c'est bien son papa
qui est arrivé là, le vrai, et non celui du tableau
qui serait sorti de son cadre
pour venir leur tenir compagnie en attendant.

PAPA EN VOYAGE

XX

TOTO LES REGARDE, IMMOBILE.

XXI

« Et Toto? a dit papa. — Le voici, » a répondu maman
en le lui mettant dans les bras.
Papa commence par constater l'excellente mine
du petit garçon; puis, satisfait : « Bonjour, mon mignon,
dit-il... — Bonjour, papa, murmure Toto un peu troublé
par l'examen dont il vient d'être l'objet.
— Tu as grandi, ce me semble? — Toi aussi, papa.
— Et tu as été sage?
— J'ai manqué deux ou trois fois de ne pas l'être;
mais je me suis arrêté. — Alors je puis t'embrasser?
— Oh! oui, papa, tant que tu voudras! »
Et papa a voulu beaucoup.

PAPA EN VOYAGE

XXI

« BONJOUR, MON MIGNON, » A DIT PAPA.

XXII

Le dîner fini, maman, papa et Toto causent ensemble comme trois bons amis qu'ils sont.

On le devine, du reste, les faits et gestes de Toto, ses histoires avec le portrait, font, en grande partie, les frais de la conversation.

« Je vois, dit papa, que j'ai été très heureusement remplacé. — Oh ! remplacé ! un petit peu seulement, s'est récrié Toto. Toi, papa, tu me ris, tu joues avec moi; le portrait ne peut que me regarder. C'est quelque chose, mais ce n'est pas tout. C'est toi et maman qui êtes tout. »

PAPA EN VOYAGE

XXII

« OH ! REMPLACÉ ! UN PETIT PEU SEULEMENT. »

CHARTRES. — IMPRIMERIE GARNIER.

www.ingramcontent.com/pod-product-compliance
Ingram Content Group UK Ltd.
Pitfield, Milton Keynes, MK11 3LW, UK
UKHW021518260726
13993UKWH00004B/1746